百花词

章宏积 著

图书在版编目（CIP）数据

百花词 /章宏积著. — 北京：九州出版社，2022.6

ISBN 978-7-5225-0976-1

Ⅰ. ①百… Ⅱ. ①章… Ⅲ. ①词(文学)—作品集—中国—当代 Ⅳ. ①I227.8

中国版本图书馆CIP数据核字(2022)第097413号

百花词

作　　者	章宏积　著
责任编辑	王海燕
出版发行	九州出版社
地　　址	北京市西城区阜外大街甲 35 号（100037）
发行电话	（010）68992190/3/5/6
网　　址	www.jiuzhoupress.com
印　　刷	涿州军迪印刷有限公司
开　　本	880 毫米 ×1230 毫米　32 开
印　　张	7
字　　数	120 千字
版　　次	2022 年 6 月第 1 版
印　　次	2022 年 6 月第 1 次印刷
书　　号	ISBN 978-7-5225-0976-1
定　　价	68.00 元

自　序

花之艳丽、馨香，乃世间万物之佼佼者。娉婷之态，不亦是佳丽之倩影？楚楚之韵，不亦是伊人之风姿？每每凝望之际，往往萌生怜惜之情。情之所动，笔之所发。此种执念，早已有之。

为花写词，始于戊戌年之秋。彼时，吾与众女神、花痴游览蛇蟠岛之黄泥洞，见粉黛乱子草，如雾如霞，如梦如幻，不禁欣然留影，游览之后，作花词发诸位女神，皆拍手称赞。受此驱动，一发不可抑止。三年之间，遍访庭院郊外、山野村落，遇未见之花，兴奋不已，归来居室，埋头执笔，或泪湿绞绡，或浅笑盈盈，或绮梦绵绵……屡屡至夜深人静，有时于被衾之中想起佳词，辄半夜起身，然后记之。此种情景，历历在目。至辛丑腊月初，终凑齐百花图，并为之配词。掩卷长叹，心之轻松，实是已达散人之状！

钟情于花，从古有之。陶渊明之爱菊、周敦颐之爱莲、林逋之爱梅，人皆晓之。然集聚百花之图，又以百种词牌撰写百花之词，古今可曾有之？

呜呼！吾爱百花之心，吾怜百花之情，吾赏百花之意，世人可知呼？

此吾出版《百花词》之缘由也。

目录

本册花语集锦

桃花：爱情、美貌。

黄月季：青春、活力。

山茶花：理想之爱。

油菜花：加油、希望。

牵牛花：诱惑、吸引。

葱莲：纯洁之爱。

双荚决明：友谊长存。

铁线莲：高贵典雅。

深山含笑：矜持、含蓄、美丽。

樱花：爱情、希望。

白牡丹：高洁端庄。

薰衣草：等待爱情（紫色）。

鸭跖草：希望、理想。

蜡梅：高风亮节。

金鱼草：鸿运当头。

美人蕉：美好之未来。

长春花：青春常在。

石榴花：子孙满堂。

迎春花：真爱永恒。

荻花：伤心、思家。

茶梅：清雅、谦让。

紫花满天星：思念。

紫薇：好运、沉迷。

香水藤茉莉：深情、专一。

木瓜海棠：强烈之爱。

一年蓬：随遇而安。

合欢花：母爱、康复、重修旧好。

美人梅：心只属于你。

天竺葵：陪伴、思念。

三色堇：白日梦、思慕、沉思。

桔梗花：真诚、永恒之爱、无悔之爱。

红玉兰：方向情思、俊郎仪态。

木芙蓉：纤细、贞洁。

银柳：自由、无拘无束。

石竹：女性之爱、热烈之爱。

梅花：坚毅、忠贞、高雅、孤独。

茑萝：帮助、忙碌。

香雪兰：纯洁、淡雅素然、清香幸福。

杏花：幸福、娇羞、妩媚。

格桑花：怜取眼前人。

木蓝：高尚之灵魂。

鬼针草：惜别、别离之痛。

天蓝绣球：欢迎、大方、一致同意。

绣球花：喜庆、热烈。

玫瑰：热情、我爱你、热恋，希望与你相爱。

蜀葵：梦想、温和。

马缨丹：家庭和睦。

铁树花：吉祥、瑞兆。

荷花：高洁、典雅、纯真、恩爱。

兰花：美好、高洁、淡泊、贤德。

千里光：转变、被快乐包围。

太阳花：坚强不屈、向往光明。

金丝桃：迷信、复仇、娇媚、哀怨。

野茼蒿：丰富、多才多艺。

结香：喜结连枝。

三角梅：坚韧、热情、没有真爱之悲。

桂花：吉祥、丰收。

鸡冠花：真爱、娇气、长寿。

紫茉莉：胆小、质朴、纯洁。

韭莲：天真无邪。

紫罗兰：永恒之美、美德、盛夏清凉

藿香蓟：生机勃勃、崇拜、团结。

朱雀花：祥瑞、长生。

夹竹桃：蛇蝎美人、虚幻美丽。

灯笼花：感恩、吉祥、祝福。

凌霄花：慈母之爱、声誉、高远。

硕包蔷薇：圣洁爱情、思念。

双喜藤：希望、爱情、童趣。

栀子花：坚强、永恒之爱、一生守候。

菊花：天道、高雅纯洁、正直不阿。

木槿：坚韧、永恒之美。

刺蓼：离别之情。

碧冬茄：肆意灿烂、温馨回忆、别致可爱。

康乃馨：魅力、浪漫、慈母之爱、与众不同。

紫荆花：和睦、热恋。

水仙：纯洁、美满、相聚。

风铃草：知恩图报、创造、温柔、牵挂。

红花檵木：热闹、豪放、红颜如火。

红百合：热烈之爱、好运来临。

攀倒甑：纯洁之爱、至死不渝。

沿阶草：低调、无私。

杜鹃花：我永远属于你、爱之快乐。

青葙：真挚之爱、独立、勤奋。

紫色酢浆草：爱国、幸运。

蓝雪花：冷淡、忧郁、勇敢。

长寿花：大吉大利、福寿绵长。

马鞭草：浪漫、梦幻、挽回爱情。

芍药：示爱真心、思念别离、与世无争。

海棠花：思乡、离恨、苦恋、温和、美丽。

梨花：纯情、守候、离别。

扁豆花：幸福。

蟹爪兰：鸿运当头、喜庆、扭转乾坤。

向日葵：爱慕、沉默之爱、忠诚。

郁金香：告白、热烈之爱。

粉黛乱子草：美好等待。

广玉兰：生生不息、美丽纯洁。

风信子：胜利、喜悦、爱意、幸福、浓情。

李花：纯洁。

暗夜芬芳：热恋、友谊长青。

紫藤萝：沉迷、依依思念、最幸福之时。

暗香·桃花

江南春景。照千姿妖娆，花丛留影。
笑煞玉颜，挥舞丝巾与佳兴。
荡漾媚人韵律，须呈露、霓裳妆靓。
竟嗔怪，桃外嫣妍，弥漫扰心境。

意定。共偕行。赏丽光英华，陶醉明净。
踏歌唱咏。红绿相依蝶蜂醒。
田垄悠闲款步，万朵袭，柔风倾听。
道不尽、山色绝，几回酩酊。

黄月季

别怨·黄月季

香溢浓浓。着黄裙，羞色朦朦。
怨嗔唇齿露，离愁别绪不相同。
纠结猗猗月月逢。

绿刺含幽韵，丝巾曳，绝致园东。
诗家小妾，流年花事交融。
媚姿墙脚隐，看一眼，醉其中。

山茶花

卜算子·山茶花

坝外草丛间，独自风中舞，
听得船头几声响，一瞥孤芳遇。

惊艳急回身，花下人思慕。
腻了山风恋海风，锦簇沙边赋。

百花词

油菜花

采桑子·油菜花

山坡凝望油油菜，花蕊金黄。花蕊金黄，
叶叶青青，蝴蝶染霓裳。

乘风午后田园歌，满地春光。满地春光，
犹想流连，侧首向农庄。

牵牛花

钗头凤·牵牛花

露珠滴，蓝衣碧，雨打风吹花落急。
月光迎，鹊桥行，诉从前事，漏短更鸣。
停、停、停。

相思溢，终难息，蔓丝斜绕铅华寂。
院墙惊，鬓烟声，怕冰心怨，映照兰灯。
情、情、情。

朝玉阶·葱莲

堤岸芳菲巧节中。数星星点点，对天空。
幽香浮动丽人逢。更争流翠色，入秋风。

忆晨昏一路随同。亭边情意许，语融融。
红笺频日寄桥东。奈风霜暗袭，夜蒙蒙。

百花词

双荚决明

促拍满路花·双荚决明

满树柔黄溢，馥郁向阳开。
金蜂娇艳绿丛佳。
绝尘瑶影，缥缈我庭阶。
东山灯色照，梦中相聚，夜阑醉卧楼台。

千丝翠羽，幽窕涌心怀。
万般柔态至情来。
光华五瓣，谁把决明裁？
远忆投缘事，荚果悬垂，合离且是难猜。

百花词

铁线莲

导引·铁线莲

攀沿缠结，篱上袅兰烟，引得彩云观。
摇朱荡翠明眸笑，一朵诧花仙。

千寻软语声声传，迷雾绕山峦。
铺开织锦飞轩殿，追月觅婵娟。

点绛唇·深山含笑

紫萼凝妆，白衣投袂桥头笑。
含芳缥缈，碧树风云闹。

零落缤纷，依旧柔情绕。春不早，
夕阳斜照，花月盈盈好。

百花词

蝶恋花·樱花

雨过山腰更宛丽。竹叶依偎，满眼妆娇翠。
梅冷石边无客喜，樱花艳放和春意。

风动瓣飞逢旖旎。古寺钟声，却把离怀试。
一树沁芳堪越季，茗香相伴今生醉。

白牡丹

定风波·白牡丹

红蕊黄须雪白冠，树边颜色叫人欢。
翠叶云裳含逸韵，丰润。韶鲜素面袭春兰。

独顾花前交语问，雨尽，雍容浅笑眼中穿。
傅粉何郎留手讯，风引，香腴洁净一庭牵。

翻香令·薰衣草

凝眸田垄紫云烟。蝶蜂逐绕雨晴天。
相邻倚，熏香醉，阵阵闻，锦梦落身前。

此花深处步流连。草丛痴女舞翩跹。
解忧叹，怡情久，暮朝迷，风雨嗅长年。

芳草渡·鸭跖草

绿丛染紫映裙边。招蜂蝶，舞翩翩。
香尘倦路水山寒。枯叶落，秋声急，黛痕怜。

惊处子，影孤单。艳如桃蕊婵媛。
山岚林雾月光穿。纤茎曳，焰蕾绽，诉兰言。

蜡梅

凤楼春·蜡梅

几度御寒霜，檐下流芳。
独门香，玉枝纤影对楼窗。
明镜里，正梳妆。
风雨亦然娴婉态，数九映韶光。

舞霓裳，春意飞扬。
晚来庭院，断魂颜色，禀姿勾起骚章。
舒袖拂帘，云鬓鬟髻绕回廊。
艳容仙子，吟笑垣墙。

金鱼草

更漏子·金鱼草

闲看彩装东院里，习风摆翠婆娑。
霞衣恰比美娇娥，花好月圆么。

当吉日，佩琼珂。东来紫气穿梭。
房前屋后望嘉禾，顶空龙凤多。

美人蕉

好女儿·美人蕉

红透溪边，翠袖缤翻。
喜重逢，夏夜柔风舞，绛唇微启后，
虞姬魂驻，弱水溅溅。

应是云霞归隐，有仙子，乐相欢。
竟悬思，望尽人间路，又是前缘故，
美人身瘦，日日心牵。

百花词

长春花

好时光·长春花

旷野篱边常艳，姿绰约，不沾尘。
娥黛丽颜看日日，芳菲岁岁新。

带露红玉醉，妩媚态，动情真。
最愿倾身倚，四季满园春。

百花词

石榴花

喝火令·石榴花

丽蕊枝头耸，盈盈锦绣穿。雨来风动读怡然。
庭下眼眸凝伫，初夏可偎怜。

满地红绡积，青衣舞绛烟。却愁多少梦魂牵。
总是无声，总是怨婵娟。总是月光如水，静夜更无眠。

百花词

迎春花

恨春迟·迎春花

昨夜春光追绮梦，枝滴露，晶亮廊前。
俏脸拂轻黄，袅袅腰肢舞，绿裳惹人怜。

娇影妍芳香飘路，雨雾起，更衬缠绵。
不忍花消别散，遗恨余生，今宵倾写琼篇。

荻花

恨来迟·荻花

碧海云天，只待风引，在意高楼。
屋外听渔家，妙声倾语，直上眉头。

寄恨迟，聚拢许多愁。怅望烟屿芳洲。
正巧笑珠帘，荻花眇眇，云水悠悠。

茶梅

红林檎近·茶梅

一朵嫣然翠，青娥临日红。
碧叶琼花绽，万芳隐形踪。
笑靥枝头妩媚，腊月回暖情浓。
冰心玉骨相逢，春意卷残冬。

貌似梅树朵，却是与茶同。
葱茏四季，幽芳弥漫晴空。
想时时陪伴，攀花映雪，岁寒应惜人阜丰。

紫花满天星

红罗袄·紫花满天星

紫色星星缀，神女舞霓裳。
异卉盛然开，鸣晨云雾，夜昏霞彩，裙袂飞扬。

忆初会，含态梳妆。风生动念绵长。远隔对轩窗。
诉别恨，丽影化潇湘。

百花词

紫薇

后庭宴·紫薇

炎夏悦情，绿丛红婉，
影摇花动西山乱。
紫巾飘曳胜三春，前窗门槛罗裙卷。

妆成玉树临风，枝压画檐人羡。
露华浓沁，应是随秋恋。
枕倚雨云迷，一怀花事颤。

百花词

香水藤茉莉

花上月令·香水藤茉莉

香魂缠绕栅栏边。蕊黄俏，惹人怜。
独呈姝艳琼肌洁，洗尘烟。蜂蝶影，舞花前。

明月竟来闻馥郁，乘夜色，上空悬。
可曾识得青葱韵，待阑珊。沁芳处，享嫣然。

百花词

木瓜海棠

浣溪沙·木瓜海棠

村口嫣红相对欢，风吹幽梦一帘掀。
琉璃炫彩溢流年。

轻指问君君不语，凭栏逸韵对璇娟。
凝然清绝更缠绵。

极相思·一年蓬

霞衣霁色娇妍，一夏俏经年。
浮香黄蕊，纤姿丽影，光彩侵天。

紧锁蓬莱仙山远，清风约，谁可同船？
宣游幻海，红尘短路，离别长篇。

合欢花

江城子·合欢花

流风入夜抹胭脂，浅红迷，似蛾眉。
两朵合欢，连理树枝栖，
当是春心初夏结，情缘许，总相知。

忽闻溪上鸟鸣催，忘忧诗，遣谁题？
紫凤青鸾，相约赴瑶池。
待到红绒归一处，如愿拜，共云仪。

百花词

酷相思·美人梅

李瓣梅心融倩秀。对溪水，红酥逗。
正生色，晴光莺影读。
日里别，回眸久。夜里想，含思久。

二月温情盈满袖。朵朵诉，侬知否？
可曾晓，东君追雨后。
春去矣，花离走。情到矣，人离走。

天竺葵

看花回·天竺葵

妩媚团红海外来，犹是相宜。
丽芳名谱寻无影，怯怯间，日月轮辉。
奇香成雅韵，浸染如痴。

描画妆容点点迷，比拟花魁。
彩灯歌舞阑珊觅，通幽院落人稀。
夏风梳曼丽，同醉芬菲。

三色堇

恋情深·三色堇

翠叶修枝蝴蝶落，慕思楼阁。
几番眉眼十分亲，舞罗裙。

白黄红紫衬佳辰，一见就勾魂。
六翼艳开庭院，称心存。

桔梗花

恋绣衾·桔梗花

紫气幽幽听铃铛，凭栏赏，清脆一方。
蓝火焰，迎风烈，玉芷逢，缘结楚江。

翩然蛱蝶云烟袅，佛冠来，善爱久藏。
普济心，从来颂，渡无边，恩德布扬。

红玉兰

临江仙·红玉兰

白日娇容共赏，夜来浅晕消融。
纵然沉默却情浓。恨霓虹炫彩，
烟鸟隐溪中。

留白周身何故？时风吹落残红。
岸边灯色照匆匆。无人临近倚，
缺月不相逢。

临江仙引·木芙蓉

树下，吸露，人闲步，遇新妆。
红英靓耀秋光。
蘸影嫣然笑，雾鬟颤焜黄。
玉屏绣展，艳色岸边，回念恁绵长。

西风雁来思旧事，含情解赠明珰。
此处相逢短，泪飞水苍苍。
芳心尽吐咫尺，木末顿引清香。

银柳

柳梢青·银柳

追鱼有路，海国风暖，香依轻语。
独坐亭台，向前执意，乘时倾诉。

重香迭迭花枝，正吐蕊，柔肠缕缕。
紫蝶纷扬，多情别意，怎堪耽误？

石竹

满宫花·石竹

春光融，秋色伴，晔晔丽华香远。
罗衣锦簇院庭来，一片映辉流绚。

粉红摇，迷眼乱，驻影平添留恋。
花前呼唤语声柔，偎倚浓情无限。

百花词

梅花引·梅花

溪水碧，东风识，西园阑干暗香出。
别枝斜，压群葩，雪韵素姿，凌寒住天涯。

衔霜清冷喧嚣路，独有骚客钟情顾。
左凝眸，右凝眸，谁人柔指，折得一魂留？

百花词

南乡子·茑萝

五角花星，蔓叶绵绵翠羽倾。
万缕千丝皆有意，充盈，绿影随风展玉屏。

缱绻丹英，起舞婆娑玉蝶停。
仙子恍如天界下，通灵，流坠芳菲俗世惊。

百花词

香雪兰

南州春色·香雪兰

东风近，露芳痕。红黄花蕊，馥郁沁晨昏。
漫敛娇柔千芷逊，丽质脱凡尘。
料想萦盈望眼，风枝轻曳，怡笑一生纯。

且待佳期赏恋，琉璃倩语，情意含真。
流韵千千，香熏帘外，犹记取，疏影勾魂。
入夜难堪将睡，香雪醉心神。

杏花

念奴娇·杏花

初探墙角，半开花枝俏，娇声东头。
弄雨霏霏生俏媚，露寒风冷含羞。
寂寞黄昏，动情呼叫，答应下高楼。
怕爹娘问，踏桥步水芳洲。

撩得人醉青门，帏帘轻卷，入夜梦悠悠。
流韵余光通晓日，道不完这温柔。
常恐春消，盈盈浅笑，数几度回眸。
落花犹惜，有情执意停留。

百花词

格桑花

品令·格桑花

高原跃，江南影，路边起舞交错。
绿荑彩朵客乡欣，柔语依，自快乐。

雪域芳城千里隔，你我相知村角。
久时五色炊烟袅，终回应，两情约。

百花词

木蓝

凭阑人·木蓝

谁解花丛一截幽，描黛蛾眉人倚楼。

凭阑何日休？水长无限愁。

鬼针草

婆罗门引·鬼针草

伶仃黄蕊，路边山野草丛居。
青枝绿叶真初。
吐艳千年雨露，赢得断魂呼。
念刘郎情意，滋润丰腴。

香轩马车，竟无睹，是何如？
独为花名厌弃，霜冷零孤。
乡民良药，大夫才，人鬼可同途！
比神佛，普济留书。

百花词

菩萨蛮·天蓝绣球

花团铺地如霞盖，异葩迷眼芳情待。
乡野实安佳，浮香作意来。

也曾天阙饮，却往苍山寝。
玉骨吐冰心，女仙齐降临。

百花词

绣球花

绮罗香·绣球花

一蒂繁花，玲珑锦簇，聚拢星辰多少？
浅夏痴迷，眼里丽装嫽俏。
惊夜色，拥翠桥头，屡回首，倾心难绕。
自倚旁，欲寄花丛，鸳鸯蝴蝶白头老。

黄昏溪上水碧，灯火流光依旧，风中含笑。
隐约传声，今晚急呼青鸟。
对佳人，抛下仙球，此生情，尽皆纤妙。
应记得，娥影卷帘，语柔庭院好。

玫瑰

千年调·玫瑰

红朵总生情，冬月向谁窈？
已是黄昏孤影，举目缥缈。
锦书切切，此季能知晓？
多少次，不称心，夜雾扰。

伺晨请唤，又说人家早。
冷雪寒霜遍地，更易身老。
美人寻路，恁是无端恼。
盼春来，点眉心，真意告。

百花词

蜀葵

青玉案·蜀葵

西山楼下初阳照，蕊朵窈，行人叫。
红紫招摇迎夏早。
侧身停驻，蝶蜂来去，正在花丛闹。

主人评说仪姿妙，颤动处，纤纤貌。
待到月光相映照，细声轻语，缠绵悱恻，
寻梦时常好。

百花词

清商怨·马缨丹

西风吹送异国叶，五色梅开绝。
日日相逢，楚腰飞燕活。

盛装墙角迭迭，裊娜间，思事交结。
弃草娇花，纷纭难定说。

秋蕊香·铁树花

铁胆琴心殷切，金蕊含羞苍郁。
向天舒翼明风节，雌秀雄刚分别。

朝来暮去迷芳叶，楼边阅。
柔情侠骨朝霜雪，都道是千年绝。

秋蕊香引·荷花

荷气里，新秋销夏，藕花菱蔓，满池乐，心眼醉。
彩霞倩影凝妆绮，舞衣读娇翠。

轻步蹑，一朵香红旖旎，旧情寄。
此生意定，角落孤零涕。望汀渚，重逢苦，信风流逝。

永遇乐·兰花

日暖花开，露沾晨晓，高台推窗。
馥郁风吹，骚人乍醉，芳草居室香。
庭含娇色，三春添彩，风姿绰影颀长。
胭脂远，清佳气韵，总能带佩衣裳。

流年有约，嫣然婉静，掩门羞怯容妆。
雨过天晴，明轩邂逅，新蕊迎丽光。
东风催发，梦回幽谷，一生记得深藏。
余馨袭，多情季节，魅人荡扬。

百花词

如梦令·千里光

情寄纤花秋后，凝露霜寒衣袖。
长忆别离时，垂泪绞绡深透。
回首，回首，千里相思人瘦。

瑞鹧鸪·太阳花

粉黄红白竞风流，瓣开次第面含羞。
仙子翩来，淡浅浓深笑，惊动东君恰意求。

旭阳映照芊枝媚，夏秋朝暮繁稠。
五彩锦簇阶前，细叶茸茸处，沁芳幽。
丹室烟霞灿阁楼。

金丝桃

散天花·金丝桃

千缕黄丝吐爱流，珠溪烟雾笼，月韶羞。
藏娇金屋驻南楼，檀心飘舞带，误渔舟。

寻问桃源几度求，山重迷路苦，别离愁。
冰心碧叶向丹邱，侧身西望去，念悠悠。

野茼蒿

山花子·野茼蒿

破萼枝头一点红，细丝柳叶俏玲珑。
山野荒丘孑然笑，对天穹。

雨露精华灵秀蕴，草间邂逅客情浓。
难忘依依翘楚态，诉东风。

百花词

少年心·结香

玉树打结连理，借东风，染香依你。
浅笑秋波暗送，惹人窃喜。恁地是，锦簇芳菲。

认得花球流翠，巧手接，抱团并蒂。
昼夜檀郎伴，窗前同醉。圆佳梦、小巷画蛾眉。

三角梅

生查子·三角梅

红朵扑眼来，惊艳佳人恋。
白昼恐人言，入夜偷如面。

卿卿我我长，不管鸳鸯乱。
拂晓梦酣然，烟雨满窗溅。

桂花

声声慢·桂花

嫣香乍出，叶叶枝枝，层层叠叠密密。
玉树姗姗，玄韵串连成册。
黄金碎剪遍遍，月下闻，广寒愁急。
晓露冷，洗清秋，正有俊人吹笛。

桂影婆娑如画，留冶色，何须浅红轻碧？
靡靡菲菲，曲角也能夺魄。
天风送吹沁润，醉花间，旦旦夕夕。
抱枕嗅，更寝梦，情挚放溢。

百花词

鸡冠花

胜胜令·鸡冠花

临风相遇，朱紫冲天，气氛凝聚万千言。
金鸡起舞，盖时芳，晕明轩。入夜色，
盈月誉叹。

露浥秋重，赤帻立，雪霜穿，傲姿惊骨
唱尘寰。
雄心勃发，赫容妆，竹篱喧。待岁寒，
优胜可观。

紫茉莉

拾翠羽·紫茉莉

风透阑篱，时色眼前环集。
涌柔情，念思来袭。
轻装对月，艳妆迎日。
心意乱，芳径美人如画。

骨朵含羞，轻度韵香心魄。
婉然兮，妙姿层出。
晨昏梳裹，树丛融熠。
凝望间，浑欲露珠身湿。

双头莲令·韭莲

锦书频发水溪东，日日念嘉容。
芳菲一朵脱尘逢，粉嫩缀娇红。

玉姿绝色向阳中，迴韵隔墙通。
鸳鸯不解梦匆匆，心愿问天空。

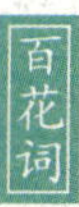

紫罗兰

思远人·紫罗兰

兰紫青衣生幻影，神女落魂魄。
北风吹白雪，郎君行远，飞鸟叫声急。

梦中缱结分分易，事后总长息。
拂晓绮户开，不堪回首，重温却无力。

百花词

藿香蓟

苏幕遮·藿香蓟

掠山丘，惊过客，顶上团团，白紫凝娇色。
云淡霜浓香气逼，荒野无情，彩簇丝球寂。

看神仙，曾比翼。海誓山盟，有泪凡间滴。
应使地天连理出，移景窗台，粉黛陪朝夕。

百花词

朱雀花

太平年·朱雀花

情牵山谷栖枝笑，紫穗招云鸟。
风情摇荡蝶蜂早，百花为意恼。

卷合翻翅初阳照，两翼舒心俏。
谁解太平貌？吉瑞征兆。

百花词

夹竹桃

桃源忆故人·夹竹桃

苍筠桃瓣溪边立，执意经年洋溢。
不可近观相识，香毒连枝袭。

胭红含笑风骚出，细叶春冬弄色。
蛇蝎美人横笛，隔远闻声息。

灯笼花

天仙子·灯笼花

曼妙金铃花吐蕊，一缕温情秋色醉。
枝头吟笑正芳华，绯红丽，灯笼翠，满目垂姿同旖旎。

谁遣柔风低语说，只等花荫灯下你。
钟情连缀玉郎来，举首对，心儿喜，庭院独看姝艳倚。

凌霄花

望远行·凌霄花

水岸寻花慧眼开，彤蕊攀援楚台。
人间惑误净门迷，上凌霄散逛天街。

仙女笑，有缘来，便与卿卿述怀。
嫦娥媚态亦难猜，御风东去下尘埃。

百花词

硕包蔷薇

西地锦·硕包蔷薇

一朵蔷薇掩映，白华从妙境。
蜂围蝶绕，叶枝带刺，交亲难定。

今夜长廊徒行，花事谁来听？
窗灯杳杳，乡山路近，临机寻胜。

双喜藤

西江月·双喜藤

翠袖红裙妙舞，春心眉眼招摇。
牵藤袅娜正妖，蔓引临门倩笑。

佳梦此时连缀，迷情缠绕风骚。
相依暮暮与朝朝，纠结分分秒秒。

栀子花

西施·栀子花

馥香清散袭轩车，玉瓣净无瑕。
晓含垂露，滴滴映琼葩。
未了尘缘，自有轻风引，一路伴天涯。

两情诺许回廊处，鬓唇插，靓窗纱。
愿为枕侧，入夜送欣嘉。
可结同心，且赏芳茵处，烛影挂枝丫。

菊花

惜黄花·菊花

东篱粲者，吐华当下。
约西风，郁金黄，满庭丰雅。
多少清香词，应是年年写。
最记得，菊边佳话。

魂临书舍，气连乡社。
待重阳，待重阳，灿然千把，
鬓朵酒中迷，幽洁枝头挂。
莫笑我，眷怀晨夜。

系裙腰·木槿

朝开暮谢也丰盈，枝头绽，路人倾。
罗衣几度传名，对孤灯。书短卷，意田诚。

雨频蔓草袭中庭，翩翩影，耳边声。
终篱落，夏初又紫云凝。响风铃，绿衣盛，落红惊。

刺蓼

遐方怨·刺蓼

枫叶落，蓼花红。
一段清秋望，潭星映碧空。
别离何处泪痕同？白鸥啼唤故情浓。

楼船去，笛声重。
翻卷曾经事，笙歌散远峰。
有人长夜悴形容，伤心肠断柳桥东。

献衷心·碧冬茄

比肩同心朵，皇后登场。惊艳压，俗流藏。
粉黛回眸望，姿韵飞扬。明月夜，应有约，醉轩窗。

情未了，总徜徉，漏残更尽待流芳。
愿做花仙护，晨夜梳妆。亲几许，调雨露，佩珠珰。

小重山·康乃馨

玉露繁滋长绿茵，翠花纤叶俏，总般般。
红嫣渐退粉妆新，仁心在，怀惠质，爱怜真。

恍惚昔时闻，春晖游子颂，故乡亲。
晓恩图报叶归根，光阴逝，慈母德，化甘醇。

紫荆花

眼儿媚·紫荆花

春风吹绽缀繁英，笑靥正含情。
紫瞳魅惑，青腰窈窕，墙角心怦。

芳颜回看三番行，眷倚乐娉婷。
也应忆得，枝头连理，私语声声。

遥天奉翠华引·水仙

月魂冰魄怜，正隆冬，旖旎银盘。
纤腰靓影，凌波仙子娟娟。
异香丹室沁，皓素依，修洁出斑斓。
绿黛伊人，鹅黄点首翩翩。

凌寒滴翠，映水光，尘土断缘。
洛神韵姿，三九灵秀幽娴。
愿得瑶台路，踏祥云，青鸟引蓬山。
倾倚阑干，对灵芬，吐露嘉言。

风铃草

瑶阶草·风铃草

风中佼人唤，笑语迷溪岸。
尘土纷纷，总绕花事转。
一番等待，坐看西阁，可心求见。
暮迟叹声抱怨。
影踪显，喜来眉角，串铃作响灯光颤。
月色朦胧，与郎对坐言缱绻。
屋前执手，誓盟旦旦。
佩环淑婉，生生世世依恋。

红花檵木

一丛花·红花檵木

嫣红姹紫挂墙头，春色眼中留。
斜风传讯红霞梦，竟婀娜，细瓣含羞。
媚态彤枝，胭脂迷醉，遥看慕纤柔。

午来碎雨急飕飕，云雾掩高楼。
东君闲适人间问，小锦簇，可否栖游？
春来情多，卿卿我我，覆水恐难收。

红百合

一剪梅·红百合

并萼含红永日殷，难忘香吹，却步姗姗。
青苍锦缎人间绝，五月相逢楚楚怜。

小径意深有梦圆，眸光千次，犹要缠绵。
芳情眷顾直惊人，才说无哉，却把书传。

攀倒甑

一落索·攀倒甑

夹路斜枝攀出，岁穷仓迫。
一怀心绪在山边，千草看寒色。

雅俗倾听箫笛，其中音律，
庆烟慈雨几人知？应等良人识。

宜男草·沿阶草

芳草绵连隐藤下，翠流长，惹斜阳诧。
粒粒呈，紫朵临风落落，心在意，经年丽雅。

扭肢搔首美人化，等闲间，似曾牵挂。
遥看那，月影徘徊戚戚，云遮掩，思心透夜。

百花词

忆江南·杜鹃花

满岭凝霞三月路，望帝魂牵，骤风绵雨。
断崖谁诉泪回肠，月明何故夜茫茫。

几时消得枝头戴，欲说愁思，过眼云天盖。
红颜摇曳杜鹃啼，声声泣血漫山凄。

忆秦娥·青葙

风急急，雨雪纤身迫。
密密，郊外葳蕤随处立。

枝枝花剑向阡陌，满目葱芊拾。
惜惜，一柱指天倾城邑。

紫色酢浆草

忆王孙·紫色酢浆草

白冠紫叶为谁开？公子王孙络绎来。
花语妍妍引楚台，入心怀。香梦连连三世排。

百花词

蓝雪花

意难忘·蓝雪花

翠幕罗衣，玉洁冰清透，秋意妆新。
枝头晶雪舞，槛外浅蓝伸。
初邂逅，便牵魂。萦怀度纷纷。
梦犹见，花仙微步，芳草茵茵。

满帘幽婉含真，正等琼露润，慕志欣欣。
谁怜忧郁态，缱绻阁楼亲。
人寂寞，写佳文，怎解得红尘？
款款情，今生后世，醉倚深淳。

长寿花

应天长·长寿花

人生七十平常事，长寿花开红粉配。
悠闲得，老境喜，余乐丰饶多任意。

碧空晴，来去脆，幽梦盘萦相会。
晨暮轩窗合指，和风送旖旎。

马鞭草

虞美人·马鞭草

斑斓摇曳田间舞，引得佳人驻。
风生紫韵眼前牵，粉黛青衣情满，砌台边。

绿萍曲水芳心醉，只恐云霞睡。
地荒天老觅琼华，草径流连香梦，寄天涯。

百花词

芍药

雨霖铃·芍药

飘然仙女，翠鬟云鬓，秀目迟顾。
酡颜初夏摄魄，牵肠引我，浓情相吐。
此俏当前吟笑，百花隐身去。
动念生，难舍难分，入夜欣欢酒杯举。

今时切盼真情许，不堪追，过季知何处？
楼窗日日长望，行客乱，恐忧风雨。
锦瑟悠悠，谁解琴音，最是心苦。
应晓得，红袖添香，拭泪思卿故。

海棠花

雨中花令·海棠花

春雨急，华滋繁簇，落瓣纷纷。
染惑枝头澈透，凉煞树下余熏。
骤风翻卷，几声娇喘，泪眼榴裙。

嗟岁月，逝波东去，缥缈烟云。
临历开颜苦别，空留昨日欢欣。
海棠花雨，褪红铺地，消匿名闻。

梨花

雨中花慢·梨花

老屋山前，春风一夜，白装素袖清奇。
带雨更妩媚，珠串芳枝。
弄巷深深响过，楼边私语依稀。
堆云叠雪，沁芬肺腑，惠润冰肌。

落香还映，拖曳纱裙，丹唇露吐含思。
谁懂得，童心白首，梦结东篱。
水缓石轻树绿，身旁乐笑相追。
如能合愿，舒心攀折，一朵情痴。

扁豆花

玉蝴蝶·扁豆花

西山闲看珠溪，蔓藤缠竹篱。
碧叶紫烟飞，轻盈玉蝶随。

苍须斜日落，花瓣绽新眉。
如若踏云梯，比肩银汉齐。

玉楼春·蟹爪兰

绿瓣星罗花蕊魅，一室红光千户喜。
同心连掌暖阳来，吉瑞嘉祥鸿运抵。

树下墙根皆旖旎，眉黛回眸庭宇璀。
生辉溢彩雅歌闻，应是明年春意起。

赞成功·向日葵

露葵朵朵，万粒轻黄，倾阳承得玉娥妆。
月裁团扇，凉夏纱窗，繁英密叶，尽吐妍芳。

弄影摇舞，迁惑秋霜，倚风斜逸过长廊。
座前惊客，眷望萧墙，信笺附递，缀响鸣珰。

郁金香

占春芳·郁金香

红漫野，含苞艳，彩练亮盛装。
缅忆兰陵佳露，举杯只等春光。

月下沁嫣香，有灵犀，牵手成双。
只为摇曳多情故，无限柔肠。

粉黛乱子草

折花令·粉黛乱子草

绰态生姿，田边粉黛丹丝递。
似雾曼，如霞媚。珠帐翠帷迎，远传千里。

落雁娥影，明眸亮闪红尘醉。
当等待，秋风起。水陌尽流连，倾情诉说。

鹧鸪天·广玉兰

绿叶相容筑玉堂，娇颜吐白舞霓裳。
晶莹欲滴闺房女，烟雨临花夏日香。

眸光亮，似新娘，归来几度意彷徨。
晚风纤步长时顾，月影飘旋天色苍。

风信子

珠帘卷·风信子

枝枝发，夕晨忧，寒花寂寞高楼。
遗恨绵绵肠断，千千情结收。

前世夙缘难续，珠帘独卷怊惆。
红紫白黄凋谢，伤永别，此生休！

李花

惜奴娇·李花

飞雪凝枝，映日冰魂照。诉东风，溪堤曼妙。
翠羽琼肌，万般洁，花间笑。蝶闹，满树寻，繁英绰俏。

千簇晶莹，炫眼底，吟声叫。看无限，暮春丰貌。
最是多情，黄昏后，多情道。可道，月影下，衷肠露表。

暗夜芬芳

醉花间·暗夜芬芳

绝色斑斓争窈窕，满园佳口笑。
匀粉瓣间涂，含露晶莹姣。

群芳花架闹，丽影田头照，称声云里绕。
年年月月醉花魂，四时嫣，晴雨俏。

紫藤萝

醉花阴·紫藤萝

长袖低舞熏风唤，繁英佳人叹。
溪水正泠泠，墙外留春，墙里声声怨。

紫衣魅惑婆娑伴，露朵迷魂乱。
雨雾瘦春心，怎料墙边，竟有奇葩现。

本书词牌补释

吾书一种百词牌，同一词牌，收录之词家，或一体，或多体，吾选其中一体作词，解释于下：

暗香：依宋姜夔体。

别怨：依宋赵长卿体。

卜算子：依宋苏轼体。

采桑子：依宋李清照体

钗头凤：依宋媛唐氏（唐婉）体。

朝玉阶：依宋杜安世体。

促拍满路花：依宋廖行之体。

导引：依无名氏第一体。

点绛唇：依南唐冯延巳体。

蝶恋花：依南唐冯延巳体。

定风波：依宋欧阳炯体。

翻香令：依宋苏轼体。

芳草渡：依宋张宪第一体。

凤楼春：依宋欧阳炯体。

更漏子：依宋欧阳炯第二体。

好女儿：依宋晏几道体。

好时光：依唐明皇李隆基体。

喝火令：依宋黄庭坚体。

恨春迟：依宋张先体。

恨来迟：依宋王灼体。

红林檎近：依宋周邦彦体。

红罗袄：依宋周邦彦体。

后庭宴：依无名氏体。

花上月令：依宋吴文英体。

浣溪沙：依唐韩偓体。

极相思：依无名氏体。

江城子：依宋苏轼体。

酷相思：依宋程垓体。

看花回：依宋柳永第一体。

恋情深：依前蜀毛文锡第一体。

恋绣衾：依宋朱敦儒体。

临江仙：依宋徐昌图体。

临江仙引：依柳永第一体。

柳梢青：依宋贺铸体。

满宫华：依前蜀尹鹗体。

梅花引：依宋贺铸第一体。

南乡子：依宋欧阳修体。

南州春色：依元汪梅溪体。

念奴娇：依宋陈允平体。

品令：依宋曹组体。

凭阑人：依元邵亨贞体。

婆罗门引：依宋曹组体。

菩萨蛮：依唐李白体。

绮罗香：依宋史达祖体。

千年调：依宋辛弃疾体。

青玉案：依宋毛滂体。

清商怨：依宋晏殊体。

秋蕊香：依宋晏殊体。

秋蕊香引：依宋柳永体。

永遇乐：依宋陈允平体。

如梦令：依宋李清照体。

瑞鹧鸪：依柳永第一体。

散天花：依宋舒亶体。

山花子：依南唐李璟体。

少年心：依宋黄庭坚体。

生查子：依唐韩偓体。

声声慢：依宋李清照体。

胜胜令：依宋曹勋体。

拾翠羽：依宋张孝祥体。

双头莲令：依宋赵师侠体。

思远人：依宋晏几道体。

苏幕遮：依范仲淹体。

太平年：依无名氏体。

桃源忆故人：依宋欧阳修体。

天仙子：依宋张先体。

望远行：依南唐李璟体。

西地锦：依宋蔡伸体。

西江月：依宋柳永体。

西施：依宋柳永第一体。

惜黄花：依宋史达祖体。

系裙腰：依宋刘凝体。

遐方怨：依唐孙光宪体。

献衷心：依后蜀欧阳炯体。

小重山：依宋赵长卿体。

眼儿媚：依宋左誉体。

遥天奉翠华引：依宋侯寘体。

瑶阶草：依宋程垓体。

一丛花：依宋苏轼体。

一剪梅：依宋赵长卿体。

一落索：依无名氏体。

宜男草：依宋范成大第二体。

忆江南：依南唐冯延巳体。

忆秦娥：依南唐冯延巳体。

忆王孙：依宋李重元体。

意难忘：依宋苏轼体。

应天长：依唐韦庄体。

虞美人：依宋张炎体。

雨霖铃：依宋柳永体。

雨中花令：依宋周紫芝体。

雨中花慢：依宋张孝祥体。

玉蝴蝶：依唐温庭筠体。

玉楼春：依前蜀顾敻体。

赞成功：依前蜀毛文锡体。

占春芳：依宋苏轼体。

折花令：依无名氏体。

鹧鸪天：依宋晏几道体。

珠帘卷：依宋欧阳修体。

惜奴娇：依宋晁补之体。

醉花间：依南唐冯延巳体。

醉花阴：依宋毛滂体。

后 记

花之繁多，百花不足以计数。大千世界，或有千花、万花之数也。今人又兴培植之风，花之种类，有增无减矣。

吾之《百花词》，凑足一百实数，所以“名副其实”。然吾乃依自身之所好与吾眼之所见，以搜集花之类别，虽名为百花，却不足以涵盖所有之花，友朋于书中不见自己钟爱之花朵时，亦实所难免。此种遗憾，未尝不是花、词、情之余韵也。

此书终能写成，赖诸位女神、花痴鼎力相助，不胜感激！

退隐之际，达成平生所愿，死而无憾矣！

只愿后来者，翻阅此书，能见花闻香，因花生情，与花交友，留美图于眼帘，荡佳音于耳畔，驻好梦于心田。亦快慰吾心矣！

辛丑腊月甲子章宏积草于圆梦斋